洞庭风歌

李国峰 著

山东人民出版社·济南

国家一级出版社 全国百佳图书出版单位

图书在版编目（CIP）数据

洞庭风歌/李国峰著.－－济南：山东人民出版社,2019.9

ISBN 978－7－209－12304－4

Ⅰ．①洞… Ⅱ．①李… Ⅲ．①诗集－中国－当代 Ⅳ．①I227

中国版本图书馆CIP数据核字(2019)第194016号

洞庭风歌
DONGTING FENGGE

李国峰　著

主管单位　山东出版传媒股份有限公司
出版发行　山东人民出版社
出 版 人　胡长青
社　　址　济南市英雄山路165号
邮　　编　250002
电　　话　总编室（0531）82098914
　　　　　市场部（0531）82098027
网　　址　http://www.sd-book.com.cn
印　　装　北京图文天地制版印刷有限公司
经　　销　新华书店

规　　格　32开（145mm×210mm）
印　　张　9
字　　数　210千字
版　　次　2019年9月第1版
印　　次　2019年9月第1次
ISBN 978－7－209－12304－4
定　　价　88.00元
　　　　　如有印装质量问题，请与出版社总编室联系调换。

序言

　　小说和诗歌同属文学项下的两个兄弟，我的主创方向是小说，目前已经发表和出版长篇小说6部、中短篇小说50多篇，但对于诗歌创作是敢爱不敢唱。所以我一般情况下不轻易佩服写小说的人，而是容易钦佩诗人，因为我写不了。

　　我们知道，中国诗歌艺术经历了五千多年曲折坎坷的发展过程，是不同历史时期社会经济生活品质的艺术体现。正如谢冕先生所言：诗歌艺术的由枯竭而滋荣，由灭绝而新生，作为一种历史的规律却非任何人为的力量所能抗拒。

　　时代的开放，必然带来艺术的开放。自党的十一届三中全会以来，中国进入了改革开放的新时代。伴随着改革开放的持续深化，人民的物质生活极大丰富，人们对精神生活与艺术文化的追求进入了一个新时代。诗与远方也随之成为富裕起来的华夏儿女幸福生活的重要组成部分。越来越多的文化达人，以新的探索姿态来继承、扩展、补充、丰富中国的诗歌艺术。人们心目中的诗歌盛宴，极大地调动了华夏儿女诗歌艺术创作的激情，借以讴歌人们对新时代、新生活的美好回忆与向往。

《洞庭风歌》的作者李国峰是一位从事金融工作三十多年的诗歌爱好者。他是经济学博士，高级经济师，在中国金融界享有较高的知名度。国峰先后在中国农业银行信托投资公司，中国农业银行中山分行、珠海分行，中国农业银行总行个人金融部，中国农业银行山东省分行，中信银行济南分行，中信银行资产管理业务中心，中信银行私人银行部等单位担任领导职务。许多人都觉得他就是一名地地道道的金融专家。

然而，人们不知道，国峰在工作之余，对诗歌艺术孜孜以求，力求以清静无为、平和自然的心态，带着乐观、豁达和感恩，在信仰与阳光中穿行，放飞生命与梦想，去擦亮自己发现美的眼睛，去感受大自然与大千世界万物之灵的美好。他经常说，美是无处不在的，怕的是我们缺乏发现美的眼睛。面对世俗生活，国峰追求的是良知与道德，并力求用人世间的美好去感知真情，去体会幸福与快乐，去实现自己灵魂的救赎。国峰的银行业务工作比较繁忙，但仍能一如既往不忘初衷坚持写作，像他这样的人，在当今社会是不多了。我觉得国峰能够有今天的创作成果，是他多年对诗歌的挚爱和持之以恒的结果。人生旅途中的丰富游历，为其积淀了充足的"营养"。其诗作于写景、描物、述史等中，饱含着敏锐的感觉、深厚的感悟、浓重的感情。所以，我要说，李国峰是一位有情怀、有良知、有大爱的优秀诗人。

李国峰创作的《洞庭风歌》涉猎十分广泛，既有讴歌季节变换的，又有赞美山河壮丽的，更多的则是从禅的角度去领悟父爱、母爱与人间大爱的博大精深，满怀信心和激情去体会成长的深邃与青春的力量，读来朗朗上口，意境深远。在《致青春》中，作者写道：青春是人生最美的时光，是催人奋进的鼓，是成长的伊甸园，是志存高远的歌，是永不泯灭的心性，恍如鎏金岁月的灯，宛若生命燃烧的火，不失自信与执着，不失优雅与练达，拥有炼狱般的灵与肉，追逐那属于自己的梦想，奏响了独立精神与自由思想的最强音！

　　细看国峰的诗作，一个特点是清新怡人的诗词与画面交融。诗词，尤其是五言、七言诗，大多用典浩繁，很难让人一眼看懂，往往需要注释且反复对照才能明白。而国峰的诗作，平铺素描直抒胸臆，让人身临其境，感同身受。国峰诗歌创作的另一个特点是感今咏史，现实与历史交融，一个景点一处古迹，往往引起作者的感触。古体诗与近体诗交融是又一个特点，古体诗多用五言、七言，古风较多；而部分近体诗词也可圈点，大气磅礴与细致入微相互交融，诗虽小道，品触亦深。国峰发表于《中国金融工运》2019年第二期的《贵族精神》，道破了作者从成长到成熟的心路历程：在这尔虞我诈的世界，在这物欲横流的时代，你是人类文明的指路明灯，是社会进步的师表楷模。因为你不曾因权力任性，不曾因财富轻浮，不曾向权贵折腰，不曾随波逐流迷失自我，以舍我其谁为己任，厚积薄发、不辱使命，彰显出时代的铮铮风骨。……你有独立的思想，崇尚圣洁的文化，挣脱了名利束缚，斩断了私欲羁绊，摒弃了世俗偏见，信奉仁爱慈善，尊重生命人格，出淤泥而不染，濯清涟而不妖，让灵魂自由从容，宛若高山上的雪莲，冰清玉洁。风雨雷电时，你不曾放弃；严寒酷暑时，你不曾动摇。如牡丹般雍容华贵，若江海般虚怀若谷，漫漫长路你上下求索，世人皆醉时惟你独醒。宁静致远、只争朝夕，无论顺风逆水，你总是迎难而上，拾起梦想的种子，甘愿倾其终生，只恋耕耘、不问收获，朝着优雅的人生，扬帆远航、高歌猛进。

我们常说，文化是一个国家、一个民族的灵魂。文化兴国运兴，文化强民族强。党的十九大强调要增强"文化自信"，推动社会主义文化繁荣兴盛。没有高度的文化自信，没有文化的繁荣兴盛，就没有中华民族的伟大复兴。要坚持中国特色社会主义文化发展道路，激发全民族文化创新创造活力，建设社会主义文化强国。我们始终坚信金融文学创作和发展前景一片光明。金融企业文化建设的重要内容，是提高员工工作积极性和职业自豪感，提升我国金融软实力。金融作家诗人是金融文化的实践者、宣传者和记录者，国峰作为一名出色的诗人，依然谦虚好学，孜孜以求，理所当然地担当起金融文化的践行者和讴歌者的责任，成为传播优秀金融文化的代表。功崇惟志，业广惟勤，这火热的生活、壮丽的金融画卷，需要更多的像国峰这样的金融作家、诗人去记录、去讴歌。

《洞庭风歌》是国峰五十多年人生风雨的真实写照和真情流露，是作者心智的自我检讨、反思和升华。以《海燕》铭志：心向大海，生性顽强，信念坚定，热情似火，直面挑战，百折不挠，以高傲和勇敢为天性，勇于面对和战胜一切艰难险阻，甘愿接受血与火、灵与肉的洗礼，用对生命痛快淋漓的呐喊，去呼唤暴风雨的猛烈，做苍茫大海上翱翔的精灵，去塑造自己精神不死的灵魂！

春秋多佳日，登高赋新诗。国峰虽创作成果不俗，在中国金融界和社会上享有一定的知名度，但他还是那么谦虚好学，对诗歌孜孜以求，祝愿国峰写出更多更好的诗作！

是为序。

中国金融作协主席
中国金融文联副主席　　阎雪君
中国作协全委会委员

2019 年 5 月 4 日

于北京金融街

洞
庭
风
歌

目 录

2

5

洞庭风歌

第一卷 讴歌季节

采菊

（2015年10月21日）

重阳丽日时，
采菊泉城下。
皓首戏山野，
怡然千佛山。

立冬赋

（2015年11月8日）

（一）

雪寒风冽骤立冬，
万物萧萧送秋行。
惟有杏枫多刚毅，
一半黄来一半红。

（二）

雪后夕阳暖满怀，
霞光普照弃尘埃。

自然万物随道转，

何愁明日春不回。

踏雪寻梅

（2015年11月24日）

雪儿飘飘观蛇舞，

趵突泉畔闻梅香。

欲问梅香自何处，

清照千古永留芳。

沙和风

（2015年11月25日）

沙说柳绿风儿起，

风说沙儿步轻盈。

沙说风沙离地拂，

风说拂出满园春。

沙说夏日和风起，
风说热沙暖风心。
沙说书就鸾鸣曲，
风说奏出不了情。

沙说秋风枫叶红，
风说金沙饰苍穹。
沙说风沙映秋月，
风说携你闯天涯。

沙说雪飘风儿起，
风说风起沙和鸣。
沙说沙鸣风更劲，
风说无须怨雪浓！

赏梅

——读林清玄《梅香》有感

（2015年11月30日）

腊梅冬自艳，

踏雪赏梅香。

富叟倦芝兰，

贫者赞芬芳。

冬至·霾

（2015年12月22日）

疾风知劲草，

岁寒现自凋。

冬日无雪至，

霾雾锁苍穹。

春晖

（2016年3月3日）

三月早春来，
杨柳唤春归。
晨晖映残荷，
迎春吐芳菲。

春寒

（2016年3月8日）

岸柳狂袖舞，
玉兰缤纷开。
静候寒春到，
已是深春时。

玉兰花开

（2016年4月3日）

春天

是玉兰绽放的时节。

玉兰花开，

如同

多胞胎降生，

排着队得来，

昨日毛茸茸的花蕾，

今日吐露出了白芽；

昨日吐露白芽的，

今日则绽放出紫色的花；

昨日绽放的紫色的花，

今日已张开宽阔的胸怀，

来拥抱众多的弟妹，

享受大家庭的温馨与欢乐。

那白的　黄的　粉的　紫的

竞相绽放，

交相辉映，

彰显出生的辉煌。

当初夏来临的时候，

玉兰花瓣轻轻飘落，

归于自然，

与泥土为伍。

忘却身后事，

枝繁叶更茂。

春荷

（2016年4月5日）

春暖桃红柳绿，
生发水下淤泥。
何愁时运不济，
只须蓄势待起。
历经艰苦磨炼，
方惜别样年华。
笑看花开花落，
初夏独秀芳菲。

清明

（2016年4月5日）

古时清明雨纷纷，
路上行人欲断魂。
寄托哀思平心怨，
杏花村里解忧愁。

今日清明丽阳艳，
桃红柳绿踏青时。
祭念逝者还新俗，
故人无处不欢歌。

谷雨

（2016年4月19日）

雨生百谷日，
清净明洁天。
暮春杨花落，
浮萍始发生。
鸣鸠拂其羽，
戴胜降于桑。
杜鹃夜啼笑，
夏秋粮满仓。

和美晨韵

（2016年4月30日）

鸟

喳喳

喊喳喳

叽叽喳喳

花

野花

矮野花

缤纷野花

树

杨柳

万年松

洒脱挺拔

风

微微

轻微微

轻轻微微

鼠

蟀蟀

蟋蟀蟀

蟋蟋蟀蟀

狗

汪汪

吠汪汪

吠吠汪汪

春耕·忆童年

（2016年5月1日）

布谷知时节，
农夫忙春耕。
谁知满仓粮，
彻骨春水寒。

立夏

（2016年5月5日）

留春春归去，
万物蓬勃生。
熏风催麦熟，
雨中现梅黄。

孟夏蝼蝈鸣，
雷雨蚯蚓出。
雨涩风悭蔽，

莺吟燕舞倦。

槐夏王瓜生，
满湖芙蓉艳。
烨煌招蜂蝶，
酷暑恋蜻蜓。

岫云凝碧玉，
流觞无从觅。
日日昭烈焰，
夜夜雷不绝。

小满

（2016年5月21日）

小得盈满时，
喜得苦菜秀。
望着靡草死，
盼着麦秋至。

小满小暑至，
春去春复归。
月满易招损，
乐极亦生悲。

芒种

（2016年6月5日）

芒种时节采艾草，

干旄旌幢送花神。

百毒之月煮青梅，

拾得青梅打流莺！

端午民谣

（2016年6月9日）

龙舟江竞渡，

江畔楚歌生。

五毒何所惧，

自有艳阳天。

香囊脖上挂，

艾插门两边。

粽香口里啖，

雄酒喉中咽。

华夏一民俗，
世界非物遗。
古之龙图腾，
祛灾保安康。

汨罗江畔话端午

（2016年6月9日）

端午渊源言纷纷，
万古流闻为屈平。
世人皆醉君独醒，
汨罗江清濯子缨。

世民难舍离骚人，
汨罗江畔楚歌生。
粽香留得三闾在，
龙舟竞渡除蛟龙。

夏至

（2016年6月21日）

寅时天已明，

戌时日不落。

阴生鹿角解，

溽蒸蝉始鸣。

夜夜虫鸣织，

催促半夏生。

蝶蜓清风舞，

贴波红蕖香。

小暑

（2016年7月7日）

柳枝摇曳柔似缕，

荷塘碧绿烟雨朦。

鱼戏蝶逐红莲楚，

芙蓉出水叠重重。

蝉哼小调声颤苦，

蟋蟀居宇鹰始鸷。

常击涌极阴凌穴，

新米新酒伏旱来。

大暑

（2016年7月22日）

腐草为萤卵化生，
土润溽暑蒸煮来。
大雨时行常雷击，
解暑祛湿防邪侵。

立秋

（2016年8月7日）

暑去凉来起白露，
荷花渐残寒蝉凄。
梧桐落叶知秋至，
霜月一轮流萤稀。
旧友来访衷肠叙，
青山点硃阡陌香。
夜凉人散阑珊处，
明月清风候佳音。

七夕

（2016年8月9日）

环宇变幻万千年，
牛郎织女爱无边。
年年鹊桥来相聚，
笑看日月换新颜！

秋分

（2016年9月22日）

秋分已至雷收声，
蛰虫培户水始涸。
昼夜平分浮云薄，
风清露重仲秋期。
金桂银桂香飘远，
秋分种麦正相宜。
街头曲尽乱霓裳，
蟹肥菊黄客自留。

寒露

（2016年10月8日）

九月寒至露结霜，

鸿雁来宾菊华黄。

袅袅凉风戏残叶，

依依寒色凝烟愁。

芰荷为衣芙蓉冷，

未知何处是潇湘。

断雁哀号黯相望，

谁知秋思让己伤。

霜降

（2016年10月23日）

秋凉渐入夜，

大地万里霜。

红叶随风逝，

草木满目黄。

野豺始祭兽，

蛰虫咸俯洞。

秋韵赋山骨，

霜月舞婵娟！

立冬

（2016年11月7日）

秋尽冬来日，

一年一收藏。

枫叶随风落，

缤纷已驳离。

满湖荷叶枯，

人间几逢时。

不远春风到，

又是辉煌时。

小雪

（2016年11月22日）

阴盛阳伏虹不现，

银铄哀舞暮云间。

雨霏弥漫晶莹雪，

薄雾曲向楚天歌。

大雪·艳阳天

（2016年12月7日）

晴朗艳阳天，

大雪若云烟。

清风梳细柳，

枯荷叶归根。

佛山客如织，

明湖鸟语喧。

缺少寒江雪，

难觅簑笠翁。

小寒

（2017年1月5日）

小寒虽小犹最冻，

由阴转阳鹊筑巢。

顶风逆水雁北乡，

寒夜漫漫雉始鸲（qú）。

丁酉正月七日立春

（2017年2月3日）

东风解冻冬方尽，

蛰虫始振万物苏。

鱼陟负冰知水暖，

玉兰扬眉吐蕊欢。

近观树梢鹊儿跃，

远眺长空雁归鸣。

夜卧早起百草青，

天道轮回又一春。

春趣

（2017年2月6日）

梅花点点点花梅，
春江流水留江春。
树上鸟儿鸟上树，
池中鱼儿鱼中池。

春分

（2017年3月20日）

春分燕归来，
莺歌柳岸飞。
昼夜无长短，
油菜花飘香。
日耀黄经度，
电掣雷鸣振。
再无雨潇潇，
梅谢桃夭夭。

樱花人生

（2017年3月29日）

樱雨飘三月，
缤纷熠几天。
花谢变香泥，
魂骨归自然。

清明

（2017年4月4日）

先人随风逝，
五蕴空悠悠。
梨花纷纷落，
犹如泪沾巾。
逝者如灯没，
蓬蒿春又生。
莺歌蝶双舞，
唤醒悲伤人。

谷雨

（2017年4月20日）

牡丹华贵谷雨开，
杏花稀落始萍生。
鸣鸠号号春归去，
柳絮飘飘榆雨来。
戴胜降桑桑蚕始，
桃花纷落逐水流。
香茗惹得群心醉，
雨生百谷兆丰年。

立秋

（2017年8月7日）

炎炎夏日挥不去，
光阴依旧送秋来。
蝶舞蝉歌伴鱼跃，
半池芙蓉半池云。

立冬

（2017年11月7日）

薄日稀阳意萧萧，
秋风劲尽叶纷扬。
本是人间沧桑事，
何须惆怅把天悯。

银蛇漫舞冬三月，
了无虫儿敢作声。
待到冬去春又回，
人间无处不朝晖。

秋祭

（2017年11月11日）

纵然是

瑟瑟的风，

吹落了斑斓的叶，

吹散了欢聚的云，

吹走了太阳的酷。

但你

享受了硕果的甜，

收获了万物的乐，

了却了雪花的扰，

躲避了寒冬的冻。

咏冬

（2017年11月12日）

虽然

凛冽无情的风，

摧残了秋的绚丽，

回馈万物

以落寞与惆怅，

但

银装素裹的妖娆，

正是你的妩媚；

腊梅的自信与芬芳，

浸润无限的魅力。

苦难时韬光养晦，

让万物厚积薄发，

宛如黎明前的黑暗，

当春风吹来，

万物复苏，

释放内敛，

方显情怀与良知。

为季节讴歌

（2017年11月13日）

太阳回归造就了季节，
季节变换成就了万物；
万物轮回创造了世界，
世界往复绚丽了苍穹。

虽然冬的冷漠，
带给万物落寞与惆怅，
但春的出现，
印证了冬的情怀。

虽然春的妖娆，
让万物在激情中复苏，
但夏的到来，
证实了春的不实。

虽然夏的激情与炙热，

诠释了成长的艰难，

但秋的归来，

忘却了夏的残酷。

虽然秋的价值，

实现了万物的憧憬，

倘若缺了冬藏春生夏放，

秋也不再是万物艳羡的秋。

为季节讴歌，

自然而循天理：

让万物致良知，

韬光养晦、厚积薄发。

贺戊戌新年

（2018年2月16日）

金鸡报晓除旧夕，
玉犬吠日焕新年。
戊戌代有人才出，
各领风骚华夏兴。

元夕情思

（2018年3月2日）

今夕首圆月，
金犬闹元宵。
昊昊苍穹上，
彩云追月飘。
火树银花夜，
花好月圆时。
盼女平安归，
此情最相思。

和欧阳修《生查子·元夕》

（2018年3月2日）

遥念去年元夜时，

神州花市灯如昼。

鸡鸣月上柳梢头，

几曾人约黄昏后。

笑看今年元夜时，

怎见月与灯依旧。

金犬不见去年人，

思恩泪湿春衫袖。

咏春归

蜡梅蕊方尽，

家燕寻巢归。

花儿含苞放，

柳丝抽芽飞。

夜莺初解语，

草绿近却无。

丝雨随风渐，

冬去春又归。

二月二

（2018年3月18日）

祥瑞苍龙东方露，

蛰龙抬头大地苏。

和风化雨惊雷紧，

御驾亲耕伏羲忙。

紫气东来万物舒，

风调雨顺芳草生。

最是吐蕊好时节，

新年花胜昔年红。

戊戌春分

（2018年3月21日）

熏风沉醉半日春，

寒暑阴阳昼夜均。

似曾相识衔泥燕，

玄鸟归来不负春。

又到万树花争媚，

无言敛波思旧人。

烟雨惹得游人织，

优哉游哉莫负春。

清明

（2018年4月5日）

一年几度春光醉？

岁岁清明。

今又清明，

追思先人泪沾巾。

烟雨蒙蒙梨花落，

繁华依旧。

芳草绵绵，

戏蝶招蜂春盎然。

早枫

（2018年4月9日）

姹紫嫣红二月花，

叶厚枝弱傲春华。

本是万物复苏始，

你却深秋醉颜红。

樱桃花开

（2018年4月12日）

花荫满砌红枝垂，

闲绕花林情致开。

繁花如雪香如蜜，

又是春风骀（tái）荡来。

咏谷雨

（2018年4月20日）

浮萍始生杨花落，

清净明洁柳絮飞。

戴胜降桑鸠拂羽，

牡丹吐蕊子规啼。

亭中品茗煮茶香，

湖桥水榭生袅烟。

无奈留春春又去，

梅熟烟雨送春时。

戊戌中秋

（2018年9月24日）

今夜月正圆，

月梳柳丝斜。

夜来丹桂香，

天地拥清辉。

明夜月又圆，

月耀苍穹中。

心是光明月，

阴缺了无踪。

大雪

（2018年12月7日）

大雪不胜寒，

无缘小火炉。

欢娱新醅酒，

一壶解忧愁。

腊八

（2019年1月13日）

腊月朔风号，

八粥先人祭。

梅傲冰霜雪，

润泽了无声。

宿心何所道，

思贤修善性。

逐疫迎春归，

藉此慰忠魂。

大寒

（2019年1月20日）

朔风萧萧锁江寒，
滔滔漾漾不复还。
严冬将尽天将暖，
征鸟厉疾泽腹坚。
枯荷霜花菊如雪，
林莺缄默语已休。
陋室品茗一缕清，
晚霞映雪天已晴。

小寒咏梅

（2019年1月5日）

回眸世事沧桑，
魂断凌寒冰霜。
昔日繁华成冢，
而今俏梅只影。
天赋揾玉匀香，
满庭冷蕊幽芳。
孤处严冬傲雪，
独领优雅风骚。

春和景明

（2019年1月29日）

丝雨淅淅梳翠柳，
翠柳轻舞漾悠悠。
悠悠熏风话人醉，
人醉话风熏悠悠。

早春印象

（2019年2月22日）

雪去梅香陨，
远山烟岚阔。
庭院娇旖旎，
惊艳桃花源。

春雪

（2019年2月14日）

戊戌日暖雪负冬，
己亥八日絮满庭。
寒酥略嫌春来早，
京城无处不飘银。

解春情

（2019年2月24日）

微风醉柳柳青青，
烟霭朦胧雨初晴。
细眉浅腰流霞舞，
一轮惊虹贯长空。
莺啼燕语入梦萦，
明月清风解春情。

春寒

（2019年3月3日）

早春烟雨濛，

蝶樱怨春寒。

雅轩品云雾，

庭台酒香浓。

寻梅问柳

（2019年3月5日）

寻梅梅正红，

问柳柳无音。

煦风化烟霞，

莫负好光阴。

开春

（2019年3月6日）

雷动向天歌，

桃杏迎春开。

黄鹂楼铃鸣，

惊起蛰梦人。

春来桃花开

（2019年3月10日）

万木丛中一点红，

春发桃枝各不同。

简静如初生春水，

优雅淡定掠流年。

小满赋

（2019年5月21日）

你的步伐总是那么的从容自若，

送走了盎然生机的春天，

带来了骄阳似火的孟夏；

你爱憎分明，

让靡草死，

让苦菜秀、麦秋至，

却从不骄横，

走得如此坚实淡定。

你是睿智和期许的代名词，

不追求尽善尽美，

总是满怀期待，

揣着梦想，

带着信念，

陶醉在缺憾中，

去迎接新的转折，

去拥抱新的辉煌。

你是幸福生活的使者，
最懂得珍惜与圆满的真谛，
不骄不躁，
不盈不溢，
滋润万物而后生，
谱写了一曲奉献之歌。
你不只是节气，
你缔造了最美的人生。

芒种歌

（2019年6月6日）

五月石榴花正红，

饮风食露螳螂生。

伯劳鵙（jú）然方始啼，

微阴百舌了无音。

农人收麦插稻忙，

火辣艳阳卸衣装。

午后雷声阵阵紧，

青梅红透雨潇潇。

贴波刚露尖尖绿，

藕塘无处不蛙鸣。

洞庭风歌

第二卷　感恩生活

赞团队合作

（2015年9月30日）

责任担当我争先，
成绩荣誉互感恩。
上下同欲铸团队，
奋发向上捷频传。

心中的秘密

（2015年11月25日）

心中的秘密，
不同人有不同的眷恋，
但对于你和我，
终身都无法忘记。

心中的秘密，
或许你选择的是释怀，
带给你的是恐慌，

还是暴风骤雨式的眷恋。

心中的秘密,
或许我选择了沉默,
带给我的孤寂,
抑或是理解体贴后的依恋。

心中的秘密,
只在乎你我的思念,
你我之间的万般情愫,
难忘的是沉默的幸福与纠结。

尊父

——贺父亲七十七岁生日

（2015年11月27日）

笑看困顿压铁肩，
至善送儿别乡间。
忠孝仁义传后代，
自信人生五百年！

敬母

——贺母亲七十四岁生日

（2015年12月13日）

一世贤良一生勤，
恭悌俭让万事兴。
不惧皓首身劳顿，
慈爱铸就游子魂！

盼·归

（2016年3月11日）

残荷期初夏，

杨柳盼早春。

枫叶装深秋，

腊梅思隆冬。

极尽繁华事，

盛衰终有时。

本是自然生，

年年竞风流。

人生呓语

（2016年4月1日）

有的人犹如牡丹，

生于华贵，

长于雍容，

令人艳羡，

但落于中道，

让人怅然若失。

有的人犹如松针，

生于刚毅，

长于坚强，

令人神往，

然锋芒外露，

让人嗟叹不已。

有的人犹如草芥，

生于平凡，

长于踏实，

与世无争，

却快乐人生，

让人心旷神怡。

人生犹如万物，

无论富贵，

抑或贫贱，

终其一生，

与泥土为伍，

自是魂归自然！

离别

（2016年4月2日）

离别是道绕不开的坎，

因为团聚不会永远。

所以有人说，

离别是种忧愁和痛苦，

无情地撕裂了人世间的亲情友情，

让世人饱受相思之苦，

让情愫变得孤单无助。

离别是道躲不过的沟，

因为相守难以永恒。

所以有人说，

离别是种负累与亏欠，

无私地扯断了成长的关爱与扶助，

让世人体会生的艰辛，

让守候体验思的困惑。

其实离别是一种幸福，

让愁苦在痛中快乐着，

让思念候着宽容与依恋，

让世人苦苦体验，

远方给予的关怀和祝福，

带来的无尽浪漫与回味。

离别何尝不是一种快乐，

当世人因争执而情殇时，

请时间帮忙，

冲去淡漠怨愤与不解；

当彼此需要慰藉时，

思念便懂得了何为珍惜。

离别的确是壶浓烈甘甜的美酒，

让我们体会到了爱的炽热与温馨，

在信誓旦旦不离不弃时，

让我们经历了炼狱般的考验。

而在遭受思念痛苦折磨的时候，

又让你我间的离愁化作了期盼的幸福。

固然谁都不希望离别，

但离别犹如儿时的迷藏，

无时无刻不在戏弄造物主的灵与肉。

它点燃了心中希望的灯，

它照亮着人生冀盼的路，

教会我们品尝甘醇的人生。

悟学

（2016年4月4日）

囊萤映雪人，

荆衡杞梓者。

万仞神山雪，

独居朗玛峰。

紫荆

（2016年4月8日）

三月紫珠耀春庭，

花艳无须绿叶扶。

朵束成簇情似海，

骨肉携手事业兴。

谈笑之间盛及衰，

裸枝树败惨淡还。

花去叶来悄无息，

俄顷人生一轮回。

喜相逢

——贺山东省金融文联成立

（2016年4月12日）

春露秋红时，
观渊知源境。
遇高山流水，
候同道佳音。

书诗词歌赋，
作潇洒文章。
续孔孟精神，
誓为天下先。

露

—— 贺山东省金融文联成立

（2016年4月12日）

踏雪寻梅凭栏处，
高山流水遇知音。
吟诗作赋春秋夜，
慰我齐鲁天下雄。

给我雨露展才华，
让我耕耘云山处。
还你无限枫秋红，
醉我华夏同路人。

金露春秋

—— 贺山东金融文联成立

（2016年4月14日）

喜太平盛世，

贺齐鲁英才。

山舞银蛇，

东岳鸾鸣；

金露点点，

融和春秋。

文与天公试比高，

联诗词歌赋；

成就国运隆昌，

立为华夏兴。

高山流水知音，

歌与天下雄。

哭殇

—— 悼梅葆玖先生仙逝

（2016年4月25日）

骂苍天无眼，

哭痛失梅郎。

悼梨园翘楚，

殇国之瑰宝。

念德艺双馨，

存京韵万古。

盼继葆春霏，

愿弥久留芳。

成长

（2016年4月26日）

成长

是一场脱胎换骨的苦旅。

从幼稚到成熟，

从懦弱到强大，

从放弃到坚守，

没有谁能离开成长。

成长

是一盏曲折前行的明灯。

让我们睁开

被世俗蒙蔽

而又稚嫩的双眸，

去探寻生命的价值与意义。

成长

是一次破茧成蝶的再生。

让我们摆脱

被自私羁绊

而又蹒跚的双脚，

去追求生活的阳光与激情。

成长

是一条无悔抗争的河程。

让我们承受

被岁月洗礼

而又懊悔的人生，

去释放胸襟的广袤与博大。

是成长

让我们历经痛楚与烦恼，

享受实现梦想的喜悦；

是成长

让我们经历彷徨与磨砺，

品味艰辛过后的甜蜜。

是成长

让我们放弃狭隘与偏见

体会人间大爱的辉煌；

是成长

让我们固守内敛与坚持，

拥有灿若晨曦的明天。

成长的艰辛，

丰富了我们的阅历；

成长的烦恼，

教会了我们真诚；

成长的风雨，

让我们更强更成熟。

成长

是一首美妙动听的歌，

是一幅色彩斑斓的画，

是一篇激情四射的诗。

让我们的生活历久弥新，

让我们的生命无限升华。

孩子

（2016年5月2日）

你宛若怒放前的花蕾，
是照亮人类未来的灯，
是点燃民族希望的火。

你宛若彩霞飞扬的晨曦，
是父母炼狱般爱的结晶，
给父母生的慰藉、活的激情。

你理应不是
温室里的幼苗，
逃避本该属于你的风雨人生。

相信你是
展翅高飞的雄鹰，
永不停息在和平自由的天空。

但你绝不是

父母破茧成蝶的化身，

不要毁灭了你的独立与尊严。

希望你不要

被溺爱折断了成长的翅膀，

被期许禁锢了生命的灵魂。

期待你不要

被父母的越俎代庖，

迷失了你生的本源。

尊重你的一切，

应是为人父母恪守的本分，

更是为人类文明进步担当。

忆"五四"

（2016年5月4日）

（一）

黑云摧城日，

青年捐躯时。

辈有英才出，

为我华夏雄。

（二）

昏庸国破山河碎，

老夫聊发少年狂。

砍我头颅何足惜，

驱除鞑虏卫中华。

致青春

（2016年5月4日）

青春是什么？

青春是人生最美的时光。

绝不是豆蔻年华

粉颊红唇的代名词；

奏响了独立精神

与自由思想的最强音。

青春是什么？

青春是催人奋进的鼓。

擂得激情澎湃，

动得意气风发；

揣着萌动希望，

怀抱无尽喜悦。

青春是什么？

青春是成长的伊甸园。

尽管青涩，

不失自信与执着；

虽然好奇，

不失优雅与练达。

青春是什么？

青春是志存高远的歌。

放弃温馨、浪漫与羞涩，

让理想亘古不变；

拥着炼狱般的灵与肉，

追逐那属于自己的梦想。

青春是什么？

青春是永不泯灭的心性。

恍如鎏金岁月的灯，

宛若生命燃烧的火。

生生不息，

至死不移。

时间无情，

韶华易逝。

怀有年轻的心，

微笑拥抱万物；

即使迟暮，

依然青春永驻。

神圣而伟大的母亲

——2016年献给母亲节的歌

（2016年5月8日）

岁月流逝，

淘尽了铅华。

但无时不让我们

思念、感激的是，

用爱铸就的

神圣而伟大的灵魂——母亲。

母亲的神圣，

源于她无私的爱，

燃烧着自己，

照亮我们前行的路，

直至成灰泪干的

最后一刻。

母亲的伟大，

源于她用那柔弱的肩，

承受背负着，

人世间一切

灵与肉的洗礼，

铸就了人类文明的辉煌。

追梦时，

母亲给了我们信任的力量；

幼小时，

母亲赋予我们豁达的胸怀；

痛苦时，

母亲让我们懂得了何为磨炼。

绝望时，

母亲为我们扬起了希望的帆；

迷茫时，

母亲把我们领上了光明的路；

懦弱时，

母亲让我们懂得了何为坚强。

母亲的责任，

让我们悟透了何为坚守，

收获了家的温馨；

母亲的宽容，

让我们理解了何为舐犊之情，

感悟到心的广袤和母爱的伟大。

人生苦短，

是错失母爱时的哀号；

大爱无疆，

是彰显母爱壮丽的歌；

无怨无悔，

是对母爱至简庄严的诠释。

无论岁月如何沧桑，

母亲永远是我们的依靠；

无论世事如何变幻，

母亲永远为我们敞开心扉，

共同去迎接

那灵与肉、风与火的涅槃。

母爱

（2016年5月8日）

当夜深人静的时候，

思念如同断线的风筝，

飘向远方；

去拥抱，

去吸吮，

刻骨铭心的母爱。

母爱，

是一朵圣洁的雪莲。

耸立于峭壁，

发轫于高寒，

历经磨砺，

却冰清玉洁。

母爱，

是一曲庄穆的佛歌。

弹着温婉，

奏着宽厚，

唱着慈悲，

在沧桑岁月里飞扬。

母爱，

是一道靓丽的风景。

以责任为天，

以激情为地，

透着开满鲜花的月亮，

让万物去领略文明的辉煌。

母爱，

是一杯甘醇的美酒。

虽然世事难料，

但舐犊之情

惊了日月，动了天地，

让世间去体验浓烈与芳香。

母爱，

是一盏生命的灯，

一把激情的火；

母爱，

是一掬希望的泉，

永不枯竭，直到永恒。

我心飞翔

（2016年5月9日）

虽已不再年轻，

好奇的心，

给我梦想，

充满憧憬。

放弃来时的路，

了无牵挂，

载着希望，

飞向远方！

过眼烟云

（2016年5月11日）

人间一切欲望，
宛若过眼烟云。
犹同缺乏激情的火，
宛若失去坚守的念。
如幻觉般枯竭，
同白日梦般烂漫。

为了心中的信念，
愿放弃一切无望的缘。
顺其自然，
固守精进；
激发那心中的火，
为着那心中的念，
即使为世人嘲讽，
固然也是霞光万照。

孤影

（2016年5月12日）

初冬落叶尽，

佛山鸟飞绝。

只影孤灯下，

惟心乐逍遥。

静

（2016年5月13日）

这熙熙攘攘

为名而来

为利而往

极尽奢华的年代，

静的力量，

能让人坚守理性，

沉淀浮躁，

过滤浅薄。

这日新月异

物欲横流

充满诱惑的年代，

静的存在，

能让人放弃欲望，

回归自然，

心思澄明，

言行磊落。

静是一种智慧，

候在灯火阑珊处，

让人懂得取舍；

静是一种定力，

教人用强大内心

抵御外物的奴役，

让人在体味中明白：

何为无悔人生。

静是一种力量，

让人保持内敛，

用低调铸就辉煌；

静是一种素养，

让人明了生活的真谛：

少些冲动，

弃些负累，

多些涵养。

在对世界真诚微笑时，

静便让人淡定坦然

面对一切；

让生命永远沐浴在阳光里，

充满自信，

不再内疚，

忘却抱怨，

远离懊悔愧歉。

生命宛若涓涓细流，

揽住旖旎风光，

奔向大海。

而我更渴望是一汪清泉，

超凡脱俗

波澜不惊，

清澈见底，

静静地尽情流过每一天。

清静

（2016年5月14日）

水清鱼戏月，

山静鸟对歌。

湖清漪粼波，

风静润无声。

百鸟朝凤唤天明

——观《百鸟朝凤》

（2016年5月21日）

父辈难圆唢呐梦，

留予子辈趟前程。

严寒酷暑不足畏，

疾风骤雨何所惧。

传承民俗无双镇，

独领风骚游家班。

德艺双馨匠心在，

百鸟朝凤唤天明。

94

悼杨绛先生

（2016年5月25日）

（一）

世季康，曼妙生，巨著恢宏妙笔辉。苍穹恨难留。

思悠悠，恨悠悠，淡定从容信天游。与君女团圆。

（二）

天地窄，心境宽，深邃平实写春秋。闲居书天堂。

日失辉，地崩裂，苍穹有泪化作雨。恸别回家人。

哭杨绛

（2016年5月25日）

闲居方寸之间，
淡定平实从容。
书尽天下文采，
师表终其一生。

不曾因命而悲，
不曾因情而泣。
缚住名利苍龙，
自守禅心一片。

思念

（2016年5月31日）

他悲观
所以在他看来
思念是一杯浓烈的苦酒
因为他感受到的
只有离别后的
痛苦与哀伤。

我乐观
所以在我看来
思念是一首浪漫的诗歌
因为我体会到的
是爱的豁达
与独立生命的意义。

我们的儿时

（2016年6月1日）

我们的儿时，

物资是匮乏的，

吃穿是要凭票的，

饿肚子是常有的，

玩具都是自己做的，

衣衫是不需要故意磨破的，

成群结队走着上学是自然的，

但，我们的精神是充盈的。

我们的儿时，

吃的喝的都是没毒的，

蓝天是没有雾霾遮盖的，

六一表演都是自导自演的，

喜怒哀乐是不用独自承受的，

情境心志是需要在苦难中磨砺的，

假日是不用到处追着老师补课的，

我们的儿时是非常值得玩味的。

鹊悟

（2016年6月3日）

蓝天白云下，
风和日丽天。
晨起纵横笑，
笼中凤凰泣。

七绝·悼屈原

（2016年6月8日）

（一）

千古绝唱数离骚，
万世流芳耀今朝。
汨江水清濯缨净，
华夏一统悼子魂！

（二）

满腔热血赋离骚，
文剑直指狂艾萧。

汨罗江祭何所惧，

恸悲哀号楚亡灵。

不朽的魂

（2016年6月8日）

千年沧桑，

淘尽了

多少人杰鬼雄；

万年风雨，

洗刷了

多少尘霾铅华。

汨罗江水，

濯清了

多少良佞忠奸；

亘古不朽的，

是屈子那

家国情怀的魂。

滴答的雨

（2016年6月12日）

天，昏昏沉沉，

雨，滴滴答答，

人们晨练依旧。

雨儿滴落下来，

虽润了土地，

但落在泉中，

泛不起涟漪。

荷花不曾衔着朝露，

泉儿慵懒地歇息，

失却了往日的激情。

只有鸟儿在高调飞舞欢笑：

雨儿啊，

你来得更猛烈些吧。

不要让干涸

毁灭了

泉城的希望与灵秀。

父爱如歌

（2016年6月18日）

小时候，

懵懂无知的我，

把父爱看作是

理所当然。

虽经受了困顿的磨砺，

承受了成长的烦恼，

认识了人生的责任，

懂得了父爱的慈祥；

但体验不了艰辛与苦涩，

领会不了豁达与希冀，

且不知何为无怨无悔，

难领悟父爱如山的神圣。

而如今，

已为人父的我，

把父爱看作是

义不容辞。

虽体会到了生活的艰辛，

也理解了为人父的责任，

并懂得了何为付出，

且明白了什么是感恩。

但最需要珍惜和努力的，

是在那如歌的岁月里

带给这个家

永恒的幸福与欢乐。

有人说，

父爱如山。

我却说，

父爱如歌。

因为父爱

是一种使命，一种责任；

是子女成长的灯，

为他们风雨中扬帆领航；

是子女生命的火，

为他们点燃自信和激情。

父爱如歌，

透着期盼与怜爱，

犹如滚滚江水，

浩瀚而绵延不绝。

听雨

（2016年6月24日）

梦中的一声巨响，
挟着急促的风雨，
泛着道道电光，
撞破了黎明的寂静，
拍着玻璃，
将我摇醒。

如线的雨儿，
裹着豆大的冰雹，
玩命地砸在地上，
溅起了碗大的水泡，
宛若狂欢夜的疯癫，
激起汹涌波涛。

瞬然冥冥，
泉中的鱼儿，

玩命地游荡，

兴奋而贪婪地吸吮，

如同干涸进裂的地，

迎来了久盼的甘霖。

久违的欣喜，

是泉城的灵秀，

唤醒了苍天，

趵突泉放弃了颓废，

重拾生命的激情，

重现急湍的天性。

静思·境界

（2016年6月29日）

志存高远者，

幽林芝兰芳。

熙攘随风逝，

自有鸿鹄志。

七律·贺中国共产党成立95周年

（2016年7月1日）

五四风雨起苍黄，

南湖船上建党忙。

赶走帝封蒋王朝，

屹立东方英名扬。

虽有牺牲多壮志，

定叫神州换新天。

"三严三实"民为上，

中华复兴我当先。

当我们老了

（2016年7月7日）

（一）

当我们老得双鬓斑白，

佝偻着身子，步履蹒跚

相互搀扶着，颤颤巍巍

用六条腿撑起的两个躯体，

相拥而席，昏沉眠顿

依偎蜷缩在青青草地，

张开那无牙的嘴，

笑着回忆共同走过的人生，

乐着玩味互相厮守的岁月，

悠然体验难分难舍的情缘，

发觉这如火如荼、历经沧桑的一生，

正确而有价值的，

莫过于践行了自己的诺言：

陪着你，慢慢变老。

（二）

当我们老了，

老得还走得动，

忘却柴米油盐，

放下一切牵挂，

潇洒地挥挥手，

十指紧扣耸耸肩，

宛若夕阳下的一抹晚霞，

来一次说走就走的旅行，

去弥补几十年的亏欠，

享受浪漫恬静的二人世界。

当我们老了，

老得走不大动了，

我愿意作你的手杖、你的牙，

尽管步履蹒跚，

你我心相依偎，

让你尝遍人间佳肴，

宛如将要归巢的倦鸟，

守着躯体、透着缠绵，

带着些许的落寞与慰藉，

去过相依为命的二人世界。

当我们老了，

老得走不动了，

泰然沐浴生命的余晖，

欣然接受着彼此的一切：

回味一生的苦乐，

品尝一世的得失。

经历过的风雨与彩虹，

虽不曾轰轰烈烈，

默默地守护那颗不离不弃的心，

走过风光无限的二人世界。

当我们老了，

老得实在走不动了，

让你永远地依恋着我，

宛若你我当初的相约，

带着期盼与坚定，

守着宽厚与从容，

少一些负累，

优雅地老去，

笑着憧憬生与死的淡定，

期待浴火重生的二人世界。

永恒的爱恋

（2016年7月8日）

一个初春浪漫的傍晚，

一个风情万种的城市，

一次偶然的邂逅，

一曲倾心的交谈，

成就了一生，

永恒的爱恋。

距离扯不断思念的情，

世俗改不了心底的恋。

虽不能天天相伴

夜夜相随，

但情话绵亘，

初心不忘。

虽然岁月锈蚀了容颜，

经历了无限离愁，

与嫉妒的折磨，

始终怀着朝圣者的灵魂，

带着初恋般的情与火，

去拥抱那永恒的爱恋。

我希望永远是你的春季

（2016年7月8日）

我希望永远是你的春季，
和煦的春风扑面，
让你脱掉那厚重的冬衣，
融化掉那积攒的冰雪，
轻轻松松
去拥抱那闲适的春光。

我希望永远是你的春季，
不让你冻，不让你热，
永远那么的宁静，
永远那么的恬淡，
没有生活的劳累与奔波，
没有世间的嫉妒与炎凉。

我希望永远是你的春季，
给你和曦明媚的阳光；

给你玫瑰花的淡香，

给你心有灵犀的节拍；

永远是你的春季，

永远是不忘初心的默契。

你我的相聚

（2016年7月8日）

你我的相聚，
纯粹是个偶然。
但终究是个必然，
因为我们的情是相通的。

你我的相聚，
肯定是个必然，
因为情缘前世已定，
由不得你我的决定。

你我的相聚，
一定是个传说，
你的无怨无悔，
我的命中注定。

你我的相聚，

不因世俗而改变，

因为含着你的坚定，

还有我的矢志不渝。

真实的爱情

（2016年7月11日）

从相见相识那一日起，

似乎没有停止过争吵。

为了未来的生活，

家庭的幸福，

装修的格调，

子女的教育，

抑或菜的咸淡、饭的软硬，

或许是一次说走就走的旅行。

自相亲相爱的那一天起，

或许都不曾理性地

主动表达过

相敬如宾的情，

举案齐眉的爱；

不曾感性地表白过

说不完的情话，

道不尽的爱恋。

自笃定终身的那一刻起，
冥冥中前世因缘，
内心恬淡而坚定。
如同湖中的鸳鸯，
心有灵犀、形影相随，
不遗不弃、终生厮守。
痛并快乐着的感觉，
才是真实的爱情。

睡莲赋

（2016年7月13日）

你扎根于湖底，

被赞为"水中女神"。

淤泥浊水

本可以玷污你的纯洁，

而你

活得超凡脱俗，纤尘不染

在这浮华的世界里，

你不让外界迷眼，

并蒂绽放，

笑看生活，

你的阳光、坚守与平实，

让世人彻悟到了何为圣洁。

梦魇：叹黛玉

（2016年7月15日）

亭亭玉立临风立，

冉冉香菱带露开。

冀盼日夜长相守，

多愁善感恋尘寰。

若是良缘前世定，

无须惊魂自悲悯。

梦魇洛魄何足惧，

人生无处不春晖。

幡然醒悟

（2016年7月18日）

一念知迷悟，

呼吸辨生死；

无常道爱恨，

天地识人心。

心安明自见，

名利须淡泊；

闲适尊本心，

宁静方致远。

我们的爱

（2016年8月9日）

我爱你，

爱的是你的全部，

并非只是你

俊俏的模样和纤柔的性格。

我爱你，

爱的是和你在一起时，

你的贤淑，

还有我的痴狂。

我爱你，

并非只因为你的豁达，

而是因为你我能

心有灵犀、终生相随。

我爱你，

不是一时的冲动，

而是为了永恒的幸福，

无悔无怨的守候与坚持。

我爱你，

因为你能让我洒脱地活，

拥有男人的尊严，

潇洒地为你做该做的一切。

我爱你，

因为我找到了前行的航标，

让生命迸发出终久不息

激烈燃烧的火。

你的爱，

宛如水晶般剔透，

不仅照亮我美妙的人生，

而且给予我挑战一切的勇气。

你的爱，

如海洋般宽阔，

既能笑纳我的理性与热情，

又能接受我的鲁莽与率真。

爱

（2016年8月10日）

爱

无价

最浪漫

激情飞扬

两情相悦时

美满幸福一生。

爱

无私

最纯洁

至圣崇高

孝贤仁寿时

万代千秋相传。

爱

无求

最可贵

岁月如歌

真诚信任时

沐浴雨露阳光。

爱

无疆

最善良

心怀苍生

万物不争时

造就世界和平。

桃花醉了梦中人

（2016年10月31日）

昨夜又是风雨至，

风雨至落残红叶。

残红叶飘初冬来，

初冬来了深秋去。

深秋去时霜露到，

霜露到后心凄美。

心凄美若桃花醉，

桃花醉了梦中人。

感谢逆境

（2016年11月30日）

顺境与逆境，

是每个人必须面对，

无法逃避的现实。

顺境能带给我们

成功、快乐、幸福与辉煌。

自然，

一帆风顺

成为生命中不衰的希冀与追求。

然而

人生起伏，

需要感谢逆境。

不只是因为

诬陷磨炼了心志，

欺骗增进了智慧，

中伤砥砺了人格，

鞭笞激发了斗志。

不仅仅因为
逆境教会我们
如何与命运抗争，
苦其心志，
劳其筋骨，
饿其体肤，
空乏其身，
在逆境中茁壮成长。

要感谢逆境，
让我们
刻骨铭心
洞悉人间冷暖，
看清名利场的虚伪，
体会成长时的势利，
永远保持一颗恬淡的心，
去拥抱属于自己的一切。

顺境时

人们只惊慕明艳，

还有成功与辉煌。

但忘却了逆境时，

奋斗的泪，

牺牲的血，

抗争的苦，

鄙夷的痛。

要感谢逆境，

让我们

顿悟人生的真谛，

懂得生命的价值，

明白生活的意义。

刺激疲惫而懒惰的神经，

激发无尽潜能与活力，

创造明日的灿烂与辉煌！

爱是什么

（2016年12月6日）

爱是什么？

爱是追求隽永，

无华至圣的境界。

犹如水的淡定，

利万物而不争；

犹如烛的从容，

燃尽了自己，

照亮了别人。

爱是什么？

爱是宽容豁达，

虚怀若谷的胸怀。

犹如海的博大，

纳百川而不绝江河；

犹如泰山的巍峨，

会当凌绝顶，

一览众山小。

爱是什么？
爱是教人成长，
倍感幸福的神灯。
它能化干戈为玉帛，
用施舍者的无为和尊重，
慰藉受施者的无奈与尊严；
让浮躁混沌的世界，
从黑暗走向光明。

爱是什么？
爱是蕴藏着希望，
让灵魂不死的赞歌。
歌的是感恩者的问心无愧，
颂的是助人者的心甘情愿，
赞的是奉献者的无怨无悔；
爱拷问着利己者的良心，
让贪婪者幡然醒悟。

爱是什么？

爱是扭转乾坤，

改变世界的暖流。

爱不需要豪言壮语，

也不需要海誓山盟，

但爱犹如冉冉升起的太阳，

让整个人类，

在朝晖与烈焰中重生。

爱是什么？

爱是沁人心脾，

滋润生命的甘霖。

爱不羡慕权贵，

也不崇尚财富，

爱是毕其一生、倾己所能，

让被爱者绝处逢生，

奏响孜孜以求的最强音。

爱是什么？

爱是智慧者的厚道，

爱人者的平实，

有情人的天，

仁惠者的地，

虽然亘古不变守候着关怀，

但绝不是愚痴者的放纵，

更不是懦弱者的天堂。

爱是什么？

在这物欲横流、

精神贫瘠的社会，

爱是一种无限的体验，

是一份无言的坚守，

是一串温馨的回味。

爱并非只有甜蜜，

还有辛酸与苦辣。

缘

（2016年12月7日）

（一）

缘是一朵云，

起灭总关情。

缘起惺相惜，

缘灭好散离。

缘由命来生，

浮华随缘去。

鸿飞冥冥时，

悠然尽缠绵。

（二）

倘若无缘，

在这茫茫人海中，

偶尔的相遇，

相知，相恋，

共沐爱河的，

为何是你我？

既然有缘，

在这梦幻的生命里，

何不让我们，

倾此一生，

相濡以沫，

呵护好一世的缘。

人生安分向天歌

（2016年12月7日）

财色名利浮云过，

万仞神山无欲刚。

心如止水观日月，

胸若云海纳山川。

茶诗书画千帆竞，

淡定从容谱春秋。

宽厚仁惠终不悔，

人生安分向天歌。

男欢女爱写春秋

—— 观《锦绣未央》有感

（2016年12月11日）

大魏良将拓跋浚，

情深义重好男儿。

波谲云诡卫知己，

生死相依护未央。

真情恩爱如明月，

淡泊权势死不渝。

繁花落尽绘丹青，

男欢女爱写春秋。

诗·情·梦

（2016年12月20日）

用诗抒情，
以情托梦，
依梦作诗。

情浓梦圆，
梦圆诗美，
诗美情浓。

你重我情，
我圆你梦，
你我和诗。

怦然心动

（2016年12月29日）

从见到你的那一刻起，

尽管是初次，

而且没有牵手；

只有一句问候，

只是肩并肩地走，

只是聊些都愿意笑的话，

却让我心如鹿撞，

怦然心动。

惟有此时，

才感觉时光荏苒；

惟有此刻，

才感觉生命的可贵。

或许是因缘注定，

你我命该一见钟情；

或许是惺惺相惜，

让陌生的两人走到了一起。

无时无刻，

无论身处何处，

不管是在梦里，

还是梦醒时分，

抑或是在相聚幸福之时，

还是相离时的那份牵挂与惆怅，

我总是为你：

怦然心动。

过客

（2016年12月30日）

在生命的长河中，
我们只是时间的过客。
虽然匆匆，
与其浑浑噩噩，
或计较一生，
或愁苦一世，
或惆怅满怀，
或怨天尤人，
不如乐观豁达，
点燃激情的火，
清新脱俗，
诠释幸福与快乐。

在浩渺的寰宇中，
我们只是生命的过客。
尽管短暂，

与其轻侮生命，

或自惭形秽，

或游戏人生，

或放浪形骸，

或自视清高，

不如大智若愚，

点亮希望的灯，

上善若水，

讴歌伟大与崇高。

在缤纷的色彩里，

我们只是精神的过客。

宛若流星，

与其迷失航向，

或缺失信仰，

或甘于平庸，

或空虚颓废，

或自暴自弃，

不如勤谨和缓，

如凤凰涅槃，

充盈洒脱，

用血与火慰藉灵魂。

在绵延的人世间，

我们只是命运的过客。

即使多舛，

与其名来利往，

或见利忘义，

或沽名钓誉，

或逃避责任，

或孤影自怜，

不如宁静致远，

淡定从容，

壮心不已，

精进般若度此生。

贺新年·霾

（2017年1月1日）

鲲鹏展翅，

九万里，

搅动九州五岳。

茫茫苍穹，

徒见霾，

万马齐喑究可哀。

新年本好，

尘埃尽，

天高云淡悠然。

自由呼吸，

好春秋，

何日霾是尽头？

天寒地冻，

北风烈，

吹却浮尘一片。

朗朗乾坤，

云开月，

扫尽一切妖氛。

癫狂的爱恋

（2017年1月3日）

寂静的夜、孤独的人，

慵懒地读着聂鲁达的情诗，

思绪如脱缰的野马，

陷于年少时无暇执着的爱恋。

因为喜欢，不顾一切

因为痴迷，所以癫狂。

癫狂的爱恋，

青涩纯粹，却玩味千年

一次放纵的邂逅，

一抹不经意的赞许，

总会在刹那间，

心如鹿撞，情窦初开。

癫狂的爱恋，

懵懂朦胧，却死去活来

一个浅浅的酒窝，

一个温婉的笑靥，

总会在刹那间，

点燃五脏六腑的熊熊烈焰。

癫狂的爱恋，

来得如此的真切，

在如饥似渴、任性奔放之间

许下了诺言私订了终身

即使是一无所有，

也敢将未来担承。

癫狂的爱恋，

来得那么的猛烈，

在如痴如醉、半梦半幻之间

溶化了身躯湮灭了灵魂

即使是懦弱的胆小鬼，

也有勇气将世界毁灭。

癫狂的爱恋，

是人生旅途高昂的颂歌，

虽轰轰烈烈，但艳若昙花

或如浩渺寰宇中的一颗流星，

来时恬淡而靓丽，

落时昏沉而惨烈，

伤却是刻骨铭心。

你的，燃烧的眼

（2017年1月9日）

你的，燃烧的眼
如春和景明的晨曦，
给我春暖花开，
还你心旷神怡。

你的，燃烧的眼
宛若夏日雨后的彩虹，
给我缤纷灿烂，
还你酣梦连连。

你的，燃烧的眼
仿佛秋风送爽的午后，
给我五彩斑斓，
还你硕果累累。

你的，燃烧的眼

如晶莹剔透的冰凌，

给我冰清玉洁，

还你艳阳高照。

海鸥

（2017年1月11日）

你生来与海为伍，

平实和从容是你的天性，

你不慕鸿鹄之志，

也不求搏击长空，

因此

面对浩渺的大海，

你飞得没有鹰高，

活得不如燕傲。

你不曾呼唤暴风雨的猛烈，

更不曾

享受战胜对手后的喜悦与欢乐。

面对狂风暴雨、电闪雷鸣，

你没有抗争，

有的只是躲避，

与胆怯懦弱的哀号。

你活得

虽不曾轰轰烈烈，

也不是那么顽强，

但你

拥有一颗恬淡的心，

不缺乏热情的火焰，

与生命的追求。

你的怀柔，

让你宁静致远；

你的借势

让你乐享逍遥。

静观云卷云，

是你的淡定；

笑看潮起潮落，

是你的从容。

你生得固然平凡，

但你有你的尊严与追求；

生得率性，

活得精彩。

海燕

（2017年1月12日）

你心向大海，

高傲而勇敢是你的天性。

你生性顽强，

乐于享受激战后喜悦的快感。

你信念坚定，

勇于面对和战胜一切艰难险阻。

你热情似火，

甘愿接受血与火、灵与肉的洗礼。

呼唤暴风雨的猛烈，

是你对生命痛快淋漓的呐喊。

乌云遮不住太阳，

是你对信念最坚定的诠释。

你是苍茫大海上翱翔的精灵
任它闪电雷霆，你自闲庭信步。

直面挑战，百折不挠
是你光辉一生、精神不死的灵魂。

丁酉鸡年颂

（2017年1月29日）

自古金鸡有五德。

文德谓之首戴冠，

武德即是足博距，

勇德敌在前敢斗，

仁德见食互相告，

信德守夜不失时。

金鸡一唱千门晓，

阳出鬼魅畏鸡鸣。

金鸡报晓闻鸡舞，

生机勃勃华夏兴。

凤凰涅槃撸袖干，

瑞鸡呈祥凤来仪。

永恒的眷恋

（2017年2月4日）

虽然

不知不觉间，

我们已年过半百，

但永恒难忘的，

是童年的眷恋。

田埂道，开裆裤，

小刘海，光赤脚。

虽然

懵懵懂懂间，

我们已年过半百，

但永远难忘的，

是少年时的初恋。

想牵手，怕牵手，

羞于言，心鹿撞。

虽然

浑浑噩噩间，

我们已年过半百，

但永远抹不掉的，

是青年时的苦闷彷徨。

理想远，意志坚，

缺历练，不信邪。

而如今

苦苦乐乐间，

我们已年过半百，

但难以忘怀的，

仍是那年少时的追求。

韶华逝，爱思往，

我所愿，你相随。

满满的都是你

（2017年2月5日）

纵然已过了
情窦初开的年龄，
虽然已失去
懵懂冲动的青涩，
但自从见到你的那一刻起，
在我的眼里，
满满的都是你。

那乌黑飘逸的长发，
让我彻悟了"潇洒"；
那大而清澈的双眸，
让我洞悉了"纯洁"；
那发自肺腑的
玲珑般朗朗的笑声，
让我明白了何为"悦耳"。

你摇曳的身姿，

宛若奔放的海浪，

带着浪漫，

撞击我的心扉；

你浅浅的笑窝，

透着脱俗的气息，

洋溢着超凡的魅力。

即使岁月无情，

篡改了你婀娜的倩影，

让你的皮肤不再白皙，

把沧桑写上你的双颊。

但对你的那份惦念，

让我魂不守舍。

因为在我的眼里，

满满的都是你。

春情

（2017年2月14日）

窈窕淑女好思春，
好逑君子总关情。
山盟宛若风中烟，
海誓如同雨后虹。
过眼烟云何以信，
雨后彩虹何为凭。
历尽沧桑爱犹在，
只因平生不负卿。

春柳

（2017年3月10日）

你宛若
情窦初开的少女，
带着羞涩，嫣然一笑
迷离了
钟情于你婀娜多姿的
春风的心。

你犹如
阳光灿烂的少年，
带着梦想，激情奔放
搅乱了
倾慕于你英气勃发的
春姑娘的情，
曙光初照，
为你披上金甲，
小雀和鸣，

踏着你曼妙的节奏，

在清风中轻扬起翠绿的腰翅，

映衬着蓝天的广袤，白云的从容。

情丝如柳

（2017年3月11日）

三月的柳，

伴着清风，

透着洒脱，

舒展翠绿的腰，

笑看云卷云舒，

自由自在地，

在蓝天下摇曳，

我的情丝如柳。

三月的柳，

秀着英姿，

不慕繁华，

不羡浓烈，

只愿淡淡相偎，

无拘无束地，

在细雨中缠绵，

我的情丝如柳。

三月的柳，

是春的使者，

是夏的迎宾，

英姿勃发，

送走冬的寒凉，

迎来夏的炽热，

随季节而生，

我的情丝如柳。

三月的柳，

不嫉迎春艳丽，

不妒桃花夭夭，

一切顺其自然，

平凡而朴实，

幸福而安详，

淡定从容一生，

我的情丝如柳。

依旧

（2017年3月12日）

无论世事如何沧桑，
无论时空如何变幻，
十里夭夭桃花，
只采撷心相印、情相悦的那朵。

也不论斗转星移，
抑或是暑往冬来，春华秋实
所有的爱，所有的梦
所有的信任惦念，依旧。

燃情五月

（2017年4月30日）

人间五月，

生机勃发的季节，

历史天空的如泣如诉，

让五月略显一丝诡异，

在人类史上，矗立起了

为正义燃烧的浩然丰碑。

一八八六年的五月，

星火燎原的季节，

芝加哥工人的罢工游行，

点燃了国际工人运动的熊熊烈焰，

实现了八小时工作制，

诞生了"五一国际劳动节"。

一九一五年的五月，

痛心疾首的季节，

袁世凯承认日本"二十一条"，

激起了全国人民的反日浪潮，

为让华夏子孙勿忘国耻，

造就了"五·九国耻纪念日"。

一九一九年的五月，

热情似火的季节，

北京青年学生的示威抗议，

撩发了中华儿女爱国的澎湃激情，

踏上了反帝反封建的雄关漫道，

成就了"五四青年节"。

一九二八年的五月，

可歌可泣的季节，

震惊世界的济南惨案，

蔡公时的慷慨就义，

动天地，泣鬼神

谱写了一曲正义之歌。

我们不能忘记，

一九二五年的"五卅惨案",

那个腥风血雨的季节,

同胞们用灵与肉,血与火

彰显了视死如归的民族气节,

捍卫了中华民族的尊严。

我们也难以忘记,

一九九九年五月,

那个战火纷飞的季节,

北约对我驻南联盟使馆的悍然挑衅,

唤醒了华夏儿女科技与军事创新意识,

铸造了中华民族的脊梁与灵魂。

二十一世纪的五月,

复兴圆梦的季节,

国家的富强,民族的振兴

弘扬和传承

五千年文明史的璀璨与辉煌,

是我们民族复兴的初心与使命。

别了，泉城

（2017年5月4日）

悄悄的，我走了
犹如四年前，我悄悄的来
深情地挥挥手，
带着无限的眷念，
大明湖，趵突泉，千佛山
和那热情忠诚的战友，
深深地祝福你，
战友，永远安康、幸福
泉城，永远绚丽、灿烂。

匆匆的，我走了
正如四年前，我匆匆的来
耸耸肩，挥挥手
人生有太多的无奈，
岁月固然可以风干记忆，
但时光永远磨蚀不了

阅历，和那终生
不能忘怀的人生。

贺梓源研究生毕业

（2017年5月10日）

源儿执意离乡关，
学不成功誓不还。
时尚无须芳草地，
周游世界乐逍遥。
汝生只为自由故，
心怀全球任汝行。
吾辈艰苦何足惜，
只求汝等幸福生。

甘霖心韵

（2017年7月8日）

小暑炎炎烈焰生，
甘霖润物细无声。
纵有芙蓉并蒂开，
怎比日月共春晖。

垂钓翁

（2017年9月4日）

黄浦江畔垂钓翁，
宛如古时姜太公。
心无旁骛观风浪，
只缘人在江湖中。

我只想

（2018年2月5日）

在这名来利往的

纷争世界里，

我只想，

让飞翔的这颗心，

随四季流转，

与日月相映，

找到属于自己的：

那份最坚定的信仰，

那注最纯情的目光，

那幕最幸福的眷恋，

那注最清静的念想。

宛若那盛开的莲花，

尊崇良知，

宠辱不惊，

不染纤尘。

让日子淡定从容，

让人生天地清明。

安顿好

那优雅的灵魂。

芳华岁月

——贺高中毕业四十年同学聚会

（2018年2月21日）

遥想四十二年前，
百里英才聚乡关。
玉笥山前书声朗，
汨罗江畔懵懂郎。

绚烂人生凭栏望，
时局繁华任我游。
同学少年芳华茂，
意气风发斥方遒。

四十年来风与雨，
万里路来云和月。
无数功名尘与土，
天命年华鬓染霜。

位卑不敢忘家国，

教子育孙报国恩。

而今迈步从头越，

华发英姿写春秋。

珍爱一生

（2018年3月8日）

纵然是

年有四季轮回，

月有阴晴圆缺，

日有朝霞夕阳，

海有潮起潮落，

但时光永远磨不掉的

是珍爱一生的

那片赤诚挚爱之心。

梅兰竹菊

（2018年3月13日）

梅傲万物群芳妒，
不惧凌寒独自开。
兰幽深谷疏绰影，
弃慕繁华芳菲孤。
竹雅淡泊群雄醉，
虚空青翠色长存。
菊逸金蕊迨枝蕾，
明艳冷香怯残阳。

玉兰

（2018年4月7日）

苦寒梅香时，

净心含苞待。

苦寒归去时，

无叶半身花。

蔷薇花开

（2018年5月13日）

不如牡丹般雍容华贵，

不像玫瑰般一枝独秀，

不如月季般争媚斗艳，

也不像红杏般竞相出墙。

但总是

缓缓抱团地来，

静静豁达地开，

淡淡弥久地香，

悄悄优雅地谢。

但总是

微醺微醉的笑，

以款款温情示人。

带着禅意，

摒弃世俗，

永远恬淡，

饱含激情，

用柔弱地身躯，

顽强地坚守绽放。

那满墙的"花瀑"，

诠释的是：

生命的尊严，

自由的珍贵，

平凡的价值，

团结的力量。

你是那永远的一畦清泉

（2018年7月4日）

不管时间如何消逝，

不管世道如何变迁，

尽管历经人间沧桑，

尽管尝遍苦辣酸甜，

从见到你的那一天起，

我就扬起了自信与尊严。

因为从那天起，

你给了我生命的动力与源泉。

在我的心中，

你是那永远的一畦清泉！

沉沦了

（2018年7月22日）

沉沦了，

沉沦得完全彻底。

除了

每天离不了的酒，

还有那不离手的烟，

拷问良知而紧锁的双眉。

追求的只有，

永不停息的自由思想，

和那

笃信坚守的独立精神。

贝加尔情思

（2018年8月16日）

炼狱般的生与死，

让你凤凰涅槃，

石破天惊。

但你——

是富饶的代名词，

是自然之海的象征；

是西伯利亚不落的明珠，

照亮的是人类历史的文明。

你的浩渺，

蕴藏着博大的胸怀；

你的深邃，

汹涌着澎湃的激情；

你的恬淡，

彰显着浪漫的憧憬；

你的清澈，

孕育着尊严的神圣！

称你柏海菊海时，

你知悉了古之华夏文明的伟大；

称你白哈尔湖时，

你玩味了近代沙俄炮火的坚列。

你虽然淡定从容，

但见证了人类争雄的血与火，

更见证了人性的贪婪与险恶；

明白了落后就要挨打，

弱肉强食的生存铁律。

当晨曦在你的头顶冉冉升起，

当海鸥在你的领地自由翱翔，

你淡淡微微的笑，

演绎成了粼粼波光。

低眉浅眼的苍穹，

山水共长天一色，

捍卫你那璀璨自由的灵魂！

心

（2018年10月13日，五台山）

来时本善皆纯净，
长时外役贪嗔痴。
觉时了魔弃私欲，
去时方知万物空。

永远

（2018年10月14日）

那是个渴求知识的时代，
每个少男少女，
都是圆梦的"高考奴"。

懵懂中透着羞涩与胆怯，
无奈中勒紧春波荡漾的心，
去禁锢那份自由飞翔的情。

186

苦闷中收紧了追逐的脚步，

流年中把那份美好珍藏，

直到生命的终极，永远！

但愿，我的心

（2018年11月17日）

但愿

我的心，

是广袤的草原，

让你策马奔腾，

燃烧激情。

但愿

我的心，

是浩瀚的大海，

让你展翅翱翔，

搏击长空。

但愿

我的心

是纯洁的清泉，

让你满路笙歌，

隽永如斯。

但愿

我们是幸福快乐的。

因为

奔腾豪迈，

缔造了成功喜悦的幸福；

自由欢歌，

创造了宁静致远的生活。

知音

（2018年11月23日）

钟伯相聚古琴台，
高山流水遇知音。
天涯海内有知己，
共沐朝阳写春秋。

兰芽咏

（2018年11月24日）

兰芽溪水润，
淳厚山间泉。
款款楚风拂，
日日艳阳天。

惟愿求一世心安

（2018年12月16日）

看庭前花开花谢，

望空中云卷云舒，

自应是去留无意，

一生当宠辱不惊。

品秋月阴晴圆缺，

观江海潮起潮落，

固然是天地有时，

又岂在朝朝暮暮。

名利似过眼烟云，

故无须熙来攘往，

心若能宁静致远，

定自会闲庭信步。

生命如燃烧炽烛，

本就为成灰泪干，

只希冀知己同行，

惟愿求一世心安。

人生感怀

（2019年1月24日）

江湖无情草自春，

山色迷离众相生。

命运多舛安在道，

浮生若梦自彷徨。

兴衰荣辱谁与共，

风雨不灭诚善灯。

蹉跎岁月韶光老，

淡定儒雅度终生。

名与利

（2019年2月2日）

人生多舛皆名利，
名为刀来利为俎。
尊崇圣贤致良知，
淡定儒雅顺天道。

阅尽天地务谦卑，
惯看秋月自通达。
旖旎疮痍近咫尺，
生死相依分秒间。

人本过客心光明，
无须庸人自扰之。
固我闲庭信步心，
任它东南西北风。

鸿雁

（2019年2月26日）

秋去江寒东南飞，
桃红柳绿始归来。
云山幽水千百度，
志存高远燕安知。

良知颂

（2019年3月2日）

良知清澈万事空，
但悲人欲太熏心。
自心光明存天理，
心上无尘天地宽。
志存高远善为本，
河清海晏万物苏。
正本清源东风度，
清心寡欲尽开颜。

贵族精神

（2019年3月1日）

在这尔虞我诈的世界，

在这物欲横流的时代，

你是人类文明的指路明灯，

是社会进步的师表楷模。

因为你

不曾因权力任性，

不曾因财富轻浮，

不曾向权贵折腰，

不曾随波逐流迷失自我，

以舍我其谁为己任，

厚积薄发、不辱使命，

彰显出时代的铮铮风骨。

无论顺境逆境，

不管贫富贵贱，

纵然纵横捭阖，

抑或命运跌宕，

总是不乞不怜，

不骄不媚。

因为你

自信忠诚，

良知清澈，

坦荡豁达。

你有独立的思想，

崇尚圣洁的文化，

挣脱了名利束缚，

斩断了私欲羁绊，

摒弃了世俗偏见，

信奉仁爱慈善，

尊重生命人格，

出淤泥而不染，

濯清涟而不妖，

让灵魂自由从容，

宛若高山上的雪莲，

冰清玉洁。

风雨雷电时，
你不曾放弃；
严寒酷暑时，
你不曾动摇。
如牡丹般雍容华贵，
若江海般虚怀若谷，
漫漫长路你上下求索，
世人皆醉时惟你独醒。
宁静致远、只争朝夕，
无论顺风逆水，
你总是迎难而上，
拾起梦想的种子，
甘愿倾其终生，
只恋耕耘、不问收获，
朝着优雅的人生，
扬帆远航、高歌猛进。

忆晓春

（2019年3月24日）

觉晓一簾春梦，

同衾一十五载，

激情半生魄与魂，

人去神情依旧。

本是同学少年，

京城脉脉温情，

情缘半世爱与恋，

历尽岁月沧桑。

追梦路上霞满天

（2019年4月1日）

心中有朵圣洁莲，

追梦路上霞满天。

宽厚慈孝仁为本，

风雨人生见彩虹。

梨花

（2019年4月5日）

百花残渐，梨园繁英见。

最美人间四月天，何惧晓寒孤寂？

风揉雨搓羞雪，醇香浓郁醉梅。

素肤浅笑妩媚，闲适一生清明。

七古·天上人间

（2019年4月19日）

虚无缥缈苍穹间，

晴空万里春有时。

玉阁琼楼彩云起，

无忧云海自在游。

天子山上银雪飞，

胜似人间桃花源。

若是陶公今安在，

当惊旧宇换新颜。

静静的

（2019年4月21日）

静静的，

放下那物欲沉沉的枷锁，

在袅袅的茶雾中，

释放自己的率真，

让生命不再压抑，

去体会清静的芳香，

去回味生活的精彩，

去理解平常的真实，

去体验世界的美好。

静静的，

放下所有的势利与功名，

在晴朗的日子里，

彻底地将心解放，

让热情不再束缚，

去领悟生命的真谛，

去领略精神的力量，

去体认情感的奔放，

去回味那只属于自己的灵魂。

桃花

（2019年4月21日）

你的绽放，

带给生命以丰腴。

你的灿烂，

带给生活以红霞。

你的娇媚，

带给世界以炽爱。

你的妖艳，

昭示着活力与激情。

你是花之仙子，

也并非决绝无情，

让再见作深情的告白：

直至含露而逝，

甘愿做爱的芳尘，

情的沃土，

去慰藉那份牵挂，

去滋润那不了情思。

定是守道胜无常

（2019年4月22日）

三月繁英四月尘，

年年岁岁花不同。

阴晴圆缺非新月，

季节有道人无常。

熙来攘往为名利，

名若梦幻利如电。

若是断了凡尘念，

定是守道胜无常。

明心念念存天理，

固守淡定更从容。

阳光灿烂心花放，

春暖花开无尽时。

天边云际

（2019年4月24日）

流云不识愁滋味。

瑞霭漠漠也无常。

遥看青峦翠，

望断花溪碧。

浩渺现平湖，

当叹视界殊。

余晖复晨曦，

霞焰换东西。

母爱无疆

——母亲节献给天下所有的母亲

（2019年5月12日）

出生时，

母爱是一缕和煦的阳光。

忘却痛苦，

寄托希望，

身如青苔平凡，

心若晨曦灿烂。

孩提时，

母爱是一坛芬芳的老酒。

时而醇馥，

时而幽郁，

柔若江南春水，

坚如千年寒玉。

长大后，

母爱是一支悠扬的神曲。

纯洁轻盈，

润物无声，

宛若清泉婉转，

沉醉不知归路。

成年后，

母爱是一盏光明的灯塔。

岁月无痕，

流年沧桑，

拨开成长迷雾，

指明奋进方向。

而如今，

母爱是一种无言的信仰。

淡定从容，

乐观豁达，

尽观云卷云舒，

笑看花开花落。

再后来，

母爱是一片蓝色的海洋。

大爱无疆，

日月同辉，

宛如洗礼玉液，

一生春暖花开。

愿做朵我心飞翔的莲

（2019年5月15日）

愿做朵我心飞翔的莲，

虽出淤泥浊水，

但气质高贵，精神纯洁，

生命坚韧，不媚不娇，

即使蜻蜓立头，

也不乞不怜，润物无声，

用千年不变的情怀，

去绽放生命的崇高。

愿做朵我心飞翔的莲，

立于湖塘之上，

心若明镜，

阅尽过眼烟云，

沐浴风雨虹霞；

用一生的灵魂，

不离不弃，不卑不亢，

守护那一畦清水。

愿做朵我心飞翔的莲，

不慕牡丹雍容华贵，

不羡冬梅傲立雪霜，

只求无尘无埃，无愧无悔，

轻盈笑语，平实明澈，

云淡风轻而来，

圣洁坦荡而往，

自由自在拥抱天宇。

愿做朵我心飞翔的莲，

静观苍穹，心如止水，

不慕虚荣，不事喧嚣，

尽情展示婉约与妩媚。

在晨曦中起舞，

在夕阳下摇曳。

为自由而生，顺季节而灭，

讴歌那"春风吹又生"的至尊境界。

洒脱

（2019年5月22日）

太阳每天都是新的，

无须自寻烦恼。

忘却愁肠百结，

忘却落寞孤寂，

带着沉沉的鼾声恬然睡去，

将所有的苦闷和爱恨情仇锁进梦里，

即使融汇繁星之中，

也应是最靓丽的那颗；

比起靠太阳折射的月亮，

来的清新自然、荣耀洒脱！

尊重

（2019年5月28日）

尊重，

不是雾里的花，

不是水中的月；

而是待人的仁慈厚道，

做人的坦荡宽容，

灵魂的自我救赎，

万物的和谐共生。

若是互不尊重，

世界会是怎样？

尊重，

与贫富贵贱无关，

不是权的恩赐、利的施舍，

更不是势利者的奴颜媚骨；

而是人格的互相平等，

心与心的交融相通。

怀揣珍惜与感恩，

去拥抱生命之缘，

是尊重的真谛！

尊重，

是对生活的练达，

轻蔑是尊重的天敌。

即使提携资助他人，

也要让人感到温暖体面。

当我们都清明了念，

具足诚心，

积蓄善良，

尊重就将无处不在。

尊重，

是对修为的敬仰，

塑一盏给人爱的明灯，

多一份认同与信任，

少一些傲慢与偏见，

敞开自己的心扉，

摆脱鄙薄轻慢的羁绊，

庄严自己的人格与生命，

世界便因此更精彩。

寄语岁月

（2019年5月31日）

韶华忽已暮，

岁月似水流。

相思了无益，

往事空悠悠。

快意享人生，

诗酒品年华。

诚心邀知己，

同游共凡尘。

如果可以这样爱

（2019年6月3日）

相遇在青葱岁月，

相识在悲催的日子，

相知在爱的坎坷历程里，

却始终不渝，

无所谓得失，

怀着一颗虔诚的心，

祈祷你幸福一生。

忠实地做你的护花使者，

舍我其谁！

即使天涯海角，

即使海枯石烂，

那颗懂你惜你的心，

天地可鉴，

日月同辉。

无论身处何境，

无须甜蜜告白，

只能将自己的灵与肉，

变成熊熊燃烧的炽焰，

在你的幸福里熄灭！

相处久了，

自然深深的知晓，

谁占据了你的心，

但为你的执着臣服。

即使遍体鳞伤，

也无怨无悔，

所有的爱恨情仇，

都会随风飘去。

唯一不变的，

是对你一辈子的承诺！

纵然你无法找到爱我的感觉，

也不希望你放弃你的真爱，

只要你每天都是阳光明媚的，

我甘愿先去天堂等候，

将那颗滚烫的心脏，

献给你的爱人、我的情敌，

让他永远守护你的未来，

慢慢地陪着你优雅到老，

直至化作翩翩尘埃，

去慰藉珍爱你一生的灵魂！

幡然醒悟

（2019年6月5日）

都说人生苦短，
似水流年、转瞬即逝。
从一朝相逢到一夕离散，
缘分总是忽远忽近；
从一时得到到一刻失去，
名利地位宛若浮云。
人生到底为了什么？
懂得感恩惜缘。

心与情的交融一定是相互的，
信任尊重不应以权和利为基础。
居高临下扼杀的是尊严，
偏见傲慢毁灭的是良知，
冷酷无情熄灭的是激情，
是非不分玷污的是正义与公平。
厚道忠诚是为人的本分，

如若不然，

则是对生灵的亵渎。

不要做权与利的奴隶，

若生命和人格得不到尊重，

又何必为五斗米折腰！

要生存，

则必须坚强。

拥有独立的思想，

崇尚自由的人格，

便是对人类的使命与贡献。

无论人间多少冷暖，

不论世态多么炎凉，

恪守信念、怀揣梦想，

摆脱权与利对人性的羁绊，

让自己的生活从容淡定，

让生命之花绚烂绽放，

顺其自然、优雅老去，

便是对人生真谛的领悟与追求。

贺小萍生日

（2019年6月9日）

石榴花繁六月天，
优雅知性好华年。
艳阳高照人增寿，
烛光摇曳越百年。
颐养身心祈康健，
鸾凤和鸣润心田。
贤妻良母为谁瘦，
自信人生越百年！

海韵

（2019年6月16日）

烟波浩瀚逐浪高，
鸥鹭自在任逍遥。
朝霞浸染碧空尽，
寥廓海天万里虹。

父爱如山

—— 献给天下的父亲

（2019年6月16日）

虽然你不像母爱般轻柔细腻，

但你则如青山般挺拔巍峨，

粗犷冷峻；

虽然你不如母爱般优雅知性，

但你深沉中透着坚毅，

坚毅中浸满关怀，

关怀中固守的是责任。

你是孩子们登天的梯，

无论岁月多么沧桑，

道路多么泥泞，

你总是用爱遮风挡雨，

撑起家的幸福，

坚韧自信，

披荆斩棘，

去迎接新的曙光。

你永远是压不垮的脊梁，
宛若深深扎根瘦土岩壁的松，
似一幅凝练的画，
如一首深邃的诗，
用成熟与厚重，
淡定与从容，
矢志不渝的，
托起孩子们的梦想。

你是春日和煦的风，
夏夜澎湃的雨，
秋天澄澄的雾，
冬季皑皑的雪，
你的苍翠峥嵘，
你的雄壮豪迈，
道不尽平凡质朴，
蕴藏的却是不老的情怀！

品竹

（2019年6月25日）

你在山石荦确中破岩而生，
虽不像牡丹般国色天香，
也没有玫瑰般风姿绰约，
却有着坚贞不屈的气节。

你和梅松共享岁寒三友，
虽不像松柏般伟岸，
也不像梅花般幽香，
却有着超凡脱俗的人生。

你与梅兰菊并列四君子，
虽不如兰花般幽娴淑慧，
也不像菊花般怡然潇洒，
却有着猗猗清翠的盎然生机。

你虚心谦逊却又不卑不亢，

你无私奉献却又无所畏惧，

牢记使命、刚正不阿是你的灵魂，

任尔东西南北风是你的气概。

你是正直高洁的化身，

遂茂而不骄、瘁瘠而不辱，

傲然屹立、清雅俊逸，

彰显出你澹泊明志、宁静致远的品格。

你的坚韧挺拔、宁折不弯，

吹响了秉直奋进的号角；

你的虚怀若谷、质朴担当，

弹奏出了卓尔善群的最强音！

第三卷　领悟山河

赞黄果树瀑布

（2015年8月12日）

烟雨淼淼连云天，

一壁瀑布挂前川。

游人如织威四海，

妖娆彩虹驻人间。

赞京城

（2015年11月6日）

夕阳西下北风冽，

大街小巷一遍红。

人说最美天安门，

我说京城赛钢城。

雪印趵突泉

（2015年11月25日）

雾海茫茫雪飘飘，

趵突泉畔两茫茫。

今日雪留梅香在，

明日清澈趵突泉。

大明湖感怀

（2016年3月3日）

早春湖水静，

涟漪沐晨曦。

清风梳细柳，

残荷盼春晖。

明湖春色

（2016年3月18日）

柳绿明湖岸，

翘黄小溪边。

桃红兰如玉，

无处不春晖。

游趵突泉

（2016年3月24日）

桃红柳绿鸟纷飞，

翘黄兰紫花竞开。

清泉濯庐凭鱼跃，

趵突激湍任鸢飞。

大明湖晨曦

（2016年4月3日）

东方的一抹鱼肚白，

悄然托起一缕红日，

透过淡蓝色的天空，

让宁静的大明湖，

泛起粼粼涟漪，

唤醒岸上浅睡的柳。

柳舒展那婀娜多姿的丝条，

似乎在与那不远处粉色桃花和鸣，

仿佛在与那辉煌绽放的翘黄共舞，

玉兰的多彩映衬着柳丝的欢快。

连那早起的鸟儿，

都喳喳赞叹大明湖的晨曦。

只有那低垂的残荷，

犹如那迟暮的炎日，

很是不合时宜，

没有一丝春的气息，

淡漠掉了昨日的辉煌，

映衬着当年夏雨荷的悲哀与凄凉。

柳与荷

（2016年4月5日）

桥边荷残落，

岸上柳轻扬。

本不同根生，

比肩写春秋。

趵突胜境

（2016年4月7日）

春和景明，

晨曦熠熠。

桃红春暖，

早枫秋浓；

柳影婆娑，

絮雪纷飘。

观澜知源，

清泉濯庐；

漱玉飞泉，

鸢飞鱼跃；

人间福地，

无极洞天。

缅旵安情怀，

思沧溟文采；

白云飞渡朝霞，

小桥流水人家。

酷了泉城，

醉了江南。

晨韵

（2016年4月19日）

朝露随春去，
谷雨艳阳天。
明湖杨花尽，
晨练正当时。

歌者哼小调，
乐者和其声。
舞者百千态，
拳者需静心。

影者羡美景，
钓者闻水声。
鞭者动天地，
行者急匆匆。

湖阔随鱼跃，

天高任鸟飞。

练出强健体，

为我华夏兴。

游济西湿地公园

（2016年4月23日）

黄河岸上凭栏望，

西去湿地广袤。

湖洼水泊，

浸润万物，

除却污浊见芳菲，

谓我地球之肺。

新苇绿滩，

旧芦成丘；

柳浪飞扬，

野花遍地；

山楂花开，

白了湖汊岸。

小鸟依依，

水草萋萋；

山雀欢歌，

鱼跃蛙鸣；

野鸭嬉戏，

惟有夜鹭独醉。

万物映趣竞风流，

好一派田野风光。

健了我身，

怡了我情；

迷了我眼，

虏了我心。

咏荷

（2016年4月28日）

（一）

四月无朝露，

芝兰水中生。

虽春日失艳，

出污泥不染。

只待五六月，

自会别样红。

无须恋春日，

我亦尽逍遥。

（二）

暮春晨曦无朝露，

水芝贴波尽逍遥。

待到五月熏风醉，

湖中芙蓉别样红。

黑虎泉赋

（2016年5月3日）

双闸虹瀑溅玉飞，
栈水浣花柳依依。
琵琶清音潺不绝，
五莲映云静心脾。
白石流碧甘霖至，
高阁临风波光滟。
泺水棹舟渔歌起，
黑虎啸月恋苍穹。
旭日东升波潋滟，
柳桥亭阁影泉中。
黑虎泛舫渔歌起，
蔷薇鸢尾竞风流。

沉默的趵突泉

（2016年6月7日）

你曾经
是那么豪情万丈，
激湍
是你天性的宣泄，
挥洒着你的热情，
舒展着你的内心，
让乾隆为之一振，
留下了千秋御笔。

而如今
即使烈焰似火，
你却沉默不语，
懒慵地泛起丁点涟漪，
惟有鱼儿低浅嬉戏，
这或许真是干涸的错，
但令人失望的

是你

丧失激情后的颓废，

辱没了趵突二字的灵魂。

明湖莲

（2016年6月8日）

同饮一湖水，

同吮一抹霞；

本是同根生，

风韵各不同。

七律·月季

（2016年6月18日）

虽欠牡丹雍容色，

亦无玫瑰芳香身。

借问花儿几日红，

歌你无日不春风。

明湖夏趣

（2016年6月20日）

芙蓉点碧漾，

霞雾若轻罗。

红莲笑曦艳，

朝露宛云珠。

鱼儿浅嬉戏，

鸳鸯拨清波。

喜鹊乐中啼，

彩舫画里移。

红莲

（2016年6月28日）

红莲含苞莞尔眠，

你追我赶比肩生。

无须仲夏三两日，

崭露金丝绕新莲。

242

莲蓬

（2016年6月29日）

岁月无垠花逝去，
金丝散尽水上漂。
待到盛夏七八月，
吃我肉来清你心。

咏明湖

（2016年7月3日）

鸳鸯戏水成双对，
莲花争艳并蒂开。
画舫激滟千堆雪，
禅拂清风净我心。

趵突听雨

（2016年7月15日）

七月半夏的早晨，

本该骄阳似火，

一夜成线的雨儿，

不紧不慢淅沥地下着，

带来习习凉风，

将泉城笼罩在茫茫薄雾之中。

独坐趵突泉畔的长廊，

痴痴地听雨。

泉畔的八角梅，

尽兴地随风摇曳，

宛若婀娜多姿的粉红女郎，

忘情地吸吮着久盼的甘霖。

成线的雨儿，

飞落在泉中，

溅起数不清的涟漪，

却淡漠不了趵突的奔放，
成群的鱼儿顽童般嬉戏，
完全抛却了往日的慵懒。

成线的雨儿淅淅下着，
丝丝凉意任我思绪飞扬。
江南顿时滔滔，
泉城干涸无语，
是造物主捉弄了泉城，
还是泉城亵渎了苍天。

赏荷

（2016年7月16日）

七月熏风醉，
香荷带露开。
亭亭临风立，
蜻蜓点水来。

重游济宁蓼河公园

（2016年8月1日）

初春粉樱飘满地，
柳浪滚滚闻莺啼。
桃红雅得蝶儿醉，
吟龙湾畔酒歌恬。

夏日重游蓼河园，
蒲苇寂寂风儿稀。
满目荷花满园香，
羞得紫薇百日红。

246

咏微山湖

（2016年8月13日）

两耳蝉声鸣翠柳，

芦花怒放向天歌。

渔船画舫千帆过，

满湖荷花万里红。

游台儿庄

（2016年8月13日）

京杭运河穿庄过，

一河渔火十里歌。

南来北往客云集，

乾隆天下第一庄。

同仇敌忾御外侮，

宗仁率军把倭歼。

而今迈步从头越，

已教日月换新天。

夜游秦淮河

（2016年9月15日）

淫雨霏霏夜，

结伴游秦淮。

不见秋中月，

只闻六朝笙。

水亭书外史，

贡院选栋梁。

天下文枢立，

燕归百姓家。

咏瘦西湖

（2016年9月16日）

仲秋宛若烟花月，

烟雨蒙蒙柳飞扬。

竹荷牵手彼岸艳，

凌霄攀缘松再生。

钓鱼台中孤品月，

白塔辉映画中移。

水漫西湖飞燕瘦，

二十四桥见千秋。

七律·颂延安精神

（2016年9月21日）

复兴伟业当自强，

延安精神润千秋。

理论联系化实际，

实事求是铸党魂；

艰苦创业何所惧，

全心全意为人民。

而今吾辈从头越，

不忘初心自奋蹄。

延安行

（2016年9月21日）

遥望八十一年前，
华夏遍地是狼烟。
历经磨砺到陕北，
共赴国难梦难圆。

壮心不已信念坚，
敢将家国负双肩。
艰难险阻何所惧，
定教日月换新天。

统一战线为首创，
驱除倭寇救中华。
延安整风聚力量，
军民团结谁能敌。

而今中华复兴时，

世事沧桑风雷急。

欲使华夏雄天下，

无须扬鞭自奋蹄。

咏秋

—— 游海淀公园

（2016年10月30日）

深秋渐凉沐晨晖，

枫红荷残杏叶黄。

水芹花开静妖艳，

芦花怒放向天歌。

鸟雀筑巢喳喳喊，

一弯湖水漪涟波。

你我本是自然物，

华贵优柔赴尘埃。

残荷

（2016年11月4日）

迟暮荷垂头，
叶落身枯槁。
寒凉中凋敝，
只为再发新。

游杭州西溪湿地公园

（2016年11月22日）

薄雾袅袅弥苍穹，
淫雨霏霏绝世尘。
西溪粼粼界吴越，
碧波漾漾向幽燕。

枯荷

（2016年11月28日）

冬来荷枯去，

荷枯叶归根。

根到春来时，

荷绿飘满湖。

冬至明湖霾

（2016年12月21日）

人人都说明湖美，游人冬至止于霾。

冬至无冰雪，画舫羞于行。

岸边柳悲泣，冬至盼霜雪。

地龙齐纠结，麋角尚难解。

趵突泉观灯

（2017年2月11日）

趵突芳宴开，

园中彻夜明。

花灯明月合，

游人画中行。

趵突腾空舞，

万斛珠玑飞。

易安夙愿了，

沧溟笑颜开。

游玄武湖

（2017年11月21日）

城墙内外两重天，

玄武湖上泛晨曦。

枯荷昭示初冬至，

樟竹翠绿春盎然；

层林尽染秋未尽，

鸟语欢歌为夏鸣。

玄武尽显金陵秀，

十里金川把歌还。

婺源油菜花开

（2018年3月9日）

阳春三月天，

白墙瓦黛间。

小桥流水处，

畦畦金灿灿。

好雨密密织，

油菜花香飘。

蜂蝶轻盈至，

赏花好时节！

游北京奥林匹克森林公园

（2018年4月14日）

春风骀荡万里晴，

缤纷斑斓笑流云。

优雅春光何处有？

众人齐聚奥森园。

258

玉泉山的那个初秋

（2018年9月16日）

天高云淡玉塔雄，
苇岸柳林荷花香。
稻浪流芳煮天下，
香苹渚兰润千秋。

水墨岳阳

（2018年10月3日）

千古洞庭湖，
问天汨罗江。
屈子情怀犹在，
忧乐岳阳楼。

纵是文人墨客，
家国情怀依旧。
水墨岳阳数风流，
天岳幕阜观象。

五台山秋韵

（2018年10月13日）

层林尽染万重山，

碧空悠悠游云闲。

溪泉潺潺炊烟袅，

自是人间好个秋。

珠海感怀

（2019年1月22日）

改革开放沐春风，

昔时渔村天地崩。

旭日东升景清明，

浩然正气贯长虹。

钢桥飞架港珠澳，

伶仃天险变坦途。

海上明珠数风流，

惊叹当今世界殊。

登岳阳楼

（2019年2月3日）

淼淼天下水，

巍峨第一楼。

烟渺楚天阔，

千古九州魂。

滇池

（2019年3月9日）

繁华芳草歌春城，走云连风。

隐隐笙歌，寥廓江天万古青。

高原明珠流浅狭，轻舟短棹。

碧波潋滟，惊起红鸥掠岸飞！

游玉渊潭

（2019年3月16日）

雁影清风玉渊潭，

樱棠春晓不觉寒。

小桥流水游人织，

彩云追月仙境还。

哈尔滨松花江

（2019年4月7日）

四月春晖洒冰城，

沙鸥翔鸣鹭相迎。

和风骤雨碧空尽，

那水翻卷雪千堆。

过眼荣枯柳思丝，

寥廓江天更清明。

梦洞庭

（2019年4月9日）

云泽湖阔楚天高，

浩浩荡荡涌大江。

渔歌唱晚平沙雁，

江天暮雪远浦帆。

近有洪湖赤卫队，

古有屈子著《离骚》。

天下忧乐路漫漫，

世代求索济苍生。

我欲因之梦洞庭，

身死灵毅亦鬼雄。

题恩施七星寨

（2019年5月1日）

旷世奇观，

极目楚天舒。

回音谷立峭如劈。

大地山川秀美。

高香一炷擎天，

直插板桥屯堡。

绝壁峰林争雄，

母子情深意绵。

游恩施云龙地缝

（2019年5月1日）

石帘绝壁巨壑，

曲折蜿蜒离奇。

黄花云实遍地香。

禅杖神梯陡峭。

幽深清泉潺潺，

千仞冰瀑如烟。

璧合桥上话悠然。

别有一番洞天。

游利川腾龙洞

（2019年5月2日）

武陵清江碧连天，
苏马云海百媚生。
天降一个腾龙洞，
雄险奇幽在利川。

游坪坝营

（2019年5月3日）

千重青山逶迤，
万顷林海无涯。
春红秋白杜鹃开，
古木高擎云天。

风起碧浪翩跹，
仙泉飞瀑悠扬。
曲径通幽四洞峡，
一派武陵风光。

题伍家台

（2019年5月4日）

草木英华品自高，
皇恩宠赐醉流霞。
坐饮贡茶香满台，
清风初露到蓬莱。

夜游七里山塘

（2019年5月25日）

已是长空落日时，
八方宾朋恐来迟。
阊门虎丘隔七里，
小桥流水有人家。
商贾列肆若云锦，
红龙双影领风骚。
最是人间风流处，
评弹山塘韵怡情。

后
记

上下五千年的华夏文明，创造了灿若繁星
的中华民族文化。诗歌则是华夏文明和中华民
族文化薪火相传的最凝练、最形象、最深邃、
最丰富的文化瑰宝。我国现代诗人、文学评论
家何其芳曾说："诗是一种最集中地反映社会
生活的文学样式，它饱含着丰富的想象和感情，
常常以直接抒情的方式来表现，而且在精炼与
和谐的程度上，特别是在节奏的鲜明上，它的
语言有别于散文的语言。"很显然，诗歌情感
充沛、意象丰富，既能陶冶性情，又能展现乾坤。
读诗写诗，能让你我的生命"与自然同呼吸，
和天地共变幻"，高度集中去展示社会生活与
精神世界。

《洞庭风歌》是我的首部诗集，也是我对
自己五十多年沧桑岁月、三十多年跌宕起伏金

融职业生涯的所见所思所悟的真情告白。十多年前，我就开始学习钻研王阳明心学思想，力求用王阳明良知学说去探寻生命的真谛，用"此心具足，不假外求"这一阳明心学的核心思想，为自己的成长发展释疑解惑，用更包容、更坚强、更独立、更豁达的心襟，让自己的心灵超凡脱俗、走向自由，以清静无为、平和自然的心态，带着乐观、豁达和感恩，在信仰与阳光中穿行，放飞生命与梦想，去擦亮自己发现美的眼睛，去感受大自然与大千世界万物之灵的美好，去彰显致良知的伟大力量！

作为一个诗歌爱好者，只希望寄情于湖光山色，融情于天彩水影，撷先贤之精华，沐国粹之雨露，去检讨自己的人生、反思生命的真谛、提升精神的活力，让自己的人生洒脱自信、优雅知性、淡定从容、乐观豁达，在大爱中去实现自我的灵魂救赎，做一个有益于人民、有益于社会的人。但由于文学功底粗浅、语言稚嫩，且对博大精深的古诗词认知能力低、神韵理解不透彻，《洞庭风歌》尚存在许多不足，敬请批评指正。心存感念，自不待言。

在《洞庭风歌》的写作与出版过程中，我得到了中国金融文联领导和朋友们的极大关心、支持和鼓励，这些极大地鼓舞和坚定了我对诗歌创作的信心与热情！中国文联副主席兼秘书长、中国金融书法家协会主席郭永琰教授亲自为诗集题写了书名，中国金融作协主席、中国金融文联副主席、中国作协全委会委员阎雪君先生亲自作序，山东政法学院传媒学院教授、济南市作协副主席赵林云先生，中国妇女报山东记者站站长、山东政法学院传媒学院客座教授姚建先生，蓝宝悦银家族办公室CEO董竹筠女士，我的同学、湖南省衡阳实验中学高级教师易运泉女士，山东人民出版社首席编辑王海涛先生给我的诗集成册出版提出了很多中肯的意见；还有我的太太张伟萍自觉承担了教育子女的责任，让我有更多的时间进行创作。在此，一并致以诚挚的感谢！

李国峰

2019年5月28日